VENTE DU JEUDI 10 DÉCEMBRE 1885

HOTEL DROUOT, SALLE N° 5

à 2 heures

TABLEAUX

ET ÉTUDES

Par feu Louis LASSALLE

TABLEAUX

ESQUISSES, AQUARELLES & DESSINS

OFFERTS A SA VEUVE

ET

Tableaux Divers

EXPOSITION PUBLIQUE

LE MERCREDI 9 DÉCEMBRE 1885

DE 1 HEURE 1/2 A 5 HEURES 1/2

Mᵉ LÉON TUAL	M. A. BERNHEIM Jeune
COMMISSAIRE-PRISEUR	EXPERT
56, rue de la Victoire.	8, rue Laffitte.

HONOR
ADDITVS
IMPRIMERIE DE L'ART

CATALOGUE

DES

TABLEAUX

ET ÉTUDES

Par feu Louis LASSALLE

TABLEAUX, ESQUISSES, AQUARELLES & DESSINS

OFFERTS A SA VEUVE

ET TABLEAUX DIVERS

DONT LA VENTE AURA LIEU

HOTEL DROUOT, SALLE N° 5

Le Jeudi 10 Décembre 1885

A DEUX HEURES

Par le ministère de **Me LÉON TUAL**, commissaire-priseur
à Paris, 56, rue de la Victoire.

Assisté de **M. A. BERNHEIM jeune**, expert
8, rue Laffitte.

EXPOSITION PUBLIQUE

Le Mercredi 9 Décembre 1885

DE UNE HEURE ET DEMIE A CINQ HEURES

CONDITIONS DE LA VENTE

Elle sera faite au comptant.

Les acquéreurs payeront en sus des enchères *cinq pour cent*, applicables aux frais.

Paris. — Imp. de l'Art. E. MÉNARD et J. AUGRY
41, rue de la Victoire, 41

DÉSIGNATION

TABLEAUX & ÉTUDES DE LOUIS LASSALLE

1 — *La Blanchisseuse.*

2 — *Aux champs.*

3 — *Intérieur de Berck.*

4 — *Porte de ferme.*

5 — *Intérieur de pêcheur.*

6 — *Étude de neige.*

7 — *Intérieur à Yèvre.*

32 — *Saules à Joinville.*

33 — *Chaumière à Berck.*

34 — *Un Puits à Yèvre.*

35 — *Étude de vache.*

36 — *Étude de bouleaux.*

37 — *Saules.*

38 — *Les Blés.*

39 — *Une Cour à Nogent.*

40 — *Barque de pêcheur.*

41 — *Une Mare à Yèvre.*

42 — *Un Coin de cuisine.*

43 — *Un Puits.*

44 — *Bateaux de pêche.*

45 — *Une Meule.*

46 — *Les Dunes.*

47 — *Paysage.*

48 — *Paysage.*

49 — *Paysage.*

50 — *Paysage.*

51 — *Paysage.*

52 — *Étude de béliers.*

53 — *Étude de vache.*

54 — *Étude de vache.*

55 — *Étude de vache.*

56 — *Étude de vache.*

57 — *Étude de vache.*

58 — *Étude de vache.*

59 — *Étude de vache.*

60 — *Étude de vache.*

61 — *Cabane de fagots.*

62 — *Le Vieux Chemin.*

63 — *Étude de chèvre.*

64 — *Étude de chèvre.*

65 — *Étude de chèvre.*

66 — *Étude de chèvre.*

67 — *Les Blés.*

80 — *Les Saules.*

81 — *La Maison du curé.*

82 — *Un Loup.*

83 — *Un Dindon.*

84 — *Tête de vache.*

TABLEAUX OFFERTS

BERTHELON
(EUGÈNE)

85 — *La Seine à Pont-de-l'Arche.*

FEYEN-PERRIN

86 — *Tricoteuse de Cancale.*

FRÈRE
(ÉDOUARD)

87 — *Le Petit Décrotteur.*

Esquisse.

GAUTIER

(AMAND)

88 — *Dessert.*

HUMBERT

(FERDINAND)

89 — Esquisse.

LEMMENS

(ÉMILE)

90 — *Cabane de bûcheron.*

PILLE

(HENRI)

91 — Dessin.

ROZIER
(DOMINIQUE)

92 — *Bibelots.*

SERRE
(LÉOPOLD)

93 — *Un Moulin (Cher).*

VAYSON
(PAUL)

94 — *Moutons aux champs.*

Esquisse.

VEYRASSAT

95 — Dessin.

VUILLEFROY

96 — *Dans la prairie; chevaux.*

Aquarelle.

TABLEAUX, AQUARELLES & DESSINS

PAR DIVERS

BAUDART

97 — *Portrait au crayon.*

BAUDIT

(AMÉDÉE)

98 — *Clair de lune dans les Landes.*

Tableau.

DEFAUX

99 — *Les Chevreuils (forêt de Fontainebleau).*

DEFAUX

100 — *Basse-cour.*

GREUZE

(Attribué à)

101 — *Ébauche.*

GUÉRY

102 — *Le Bois d'amour.*

GUÉRY

103 — *Marais à Balancourt.*

GUÉRY

104 — *La Baraque du père Minelle à l'île Saint-Denis.*

GUÉRY

105 — *Le Port du canal à Reims.*

GUÉRY

106 — *Vieux Pont de Cusy (Yonne).*

GUÉRY

107 — *Pot au feu.*

GUÉRY

108 — *Quai d'Austerlitz.*

FEYEN
(EUGÈNE)

109 — *La Soupe.*

HARPIGNIES

110 — *Paysage.*

Aquarelle.

INCONNU

111 — *Le Retour du marché.*

INCONNU

112 — Dessin.

INCONNU

113 — Dessin.

LECLAIRE

(VICTOR)

114 — *Sous bois.*

Aquarelle.

LECLAIRE

(VICTOR)

115 — *Le Pont de Grenelle.*

Aquarelle.

LÉPINE

116 — *Un Quai sur la Seine.*

ÉCOLE ANCIENNE

117 — *Une Tête d'homme.*

MOREAU

118 — *Environs d'Enghien.*

Esquisse peinte.

PASINI

(ALBERT)

119 — *Étude de Pifferaro.*

TRICK

120 — Quatre dessins originaux exécutés pour le journal le *Charivari*.

JUNDT

121 — Esquisse.